易安
——
李清照
——
徐北文 评注

山东城市出版传媒集团·济南出版社

序

济南二安，词中龙凤。

易安李清照，巾帼词人的翘楚。南宋王灼就说，李清照"自少年便有诗名，才力华赡，逼近前辈，在士大夫中已不多得。若本朝妇人，当推词采第一"。明代状元词人杨慎也赞许："宋人中填词，李易安亦称冠绝。"晚清词论家陈廷焯亦极力颂扬："李易安词，风神气格，冠绝一时！"李清照是中国文学史、文化史上知名度最高、美誉度最大的杰出女作家，其词精美绝伦，千古传诵。

幼安辛弃疾，男性词人的王者。古人服膺他的仙才、霸才，纷纷称扬其词是"龙腾虎掷"，"胸有万卷，笔无点尘，激昂排宕，不可一世"。辛弃疾本是英雄虎胆，初心是驰骋疆场，建立不世功勋，完成祖国统一的使命，因时代错位，无法实现自己的人生理想，于是以英雄特有的才情豪气，转而用笔在词坛开疆拓土，成就一代伟业。其词壮怀激烈，雄深雅健，自开一派，成为中国文学史上影响力最大的杰出词人。他与苏轼并称为"苏辛"，

序

但在词史上的影响力却大于苏轼，雄居宋代"十大词人"之首。

徐北文、辛更儒二先生，词学界气韵沉雄的幽燕老将。北文先生诗词创作与学术研究并擅，兼工书画，生前曾任济南市文学学会会长和山东省古典文学学会副会长，覃思精研李清照，曾出版《李清照全集评注》。辛更儒先生毕生研治辛弃疾，造诣精深，著述宏富，其《辛弃疾集编年笺注》集辛词笺注之大成。

济南出版社约请徐、辛二老评注济南双雄《二安词选》，可谓得人。通览全书，我认为它有三个特点，第一：其评注，有如庖丁解牛，得心应手，洞察幽微，切中肯綮；第二，其配图，选择考究，与诗文配合，相映成趣，更增声色；其三，用纸和装帧，十分用心，开本小巧，执掌手中，堪称收藏佳品。

总之，这是近些年来，不可多得的《二安词选》读本，读者细心品读，自是悠然心会，妙趣横生。

王兆鹏

中国李清照辛弃疾学会会长

目录

如梦令·常记溪亭日暮 / 1

如梦令·昨夜雨疏风骤 / 5

点绛唇·寂寞深闺 / 9

点绛唇·蹴罢秋千 / 13

浣溪沙·莫许杯深琥珀浓 / 17

鹧鸪天·枝上流莺和泪闻 / 21

浣溪沙·小院闲窗春色深 / 25

浣溪沙·淡荡春光寒食天 / 29

浣溪沙·绣面芙蓉一笑开 / 33

瑞鹧鸪·风韵雍容未甚都 / 39

菩萨蛮·风柔日薄春犹早 / 43

菩萨蛮·归鸿声断残云碧 / 47

鹧鸪天·暗淡轻黄体性柔 / 51

好事近·风定落花深 / 55

摊破浣溪沙·揉破黄金万点轻 / 59

目 录 II

新荷叶·薄露初零 / 63

忆秦娥·临高阁 / 67

摊破浣溪沙·病起萧萧两鬓华 / 71

添字采桑子·窗前谁种芭蕉树 / 75

鹧鸪天·寒日萧萧上琐窗 / 79

武陵春·风住尘香花已尽 / 83

南歌子·天上星河转 / 87

醉花阴·薄雾浓云愁永昼 / 91

怨王孙·帝里春晚 / 95

怨王孙·湖上风来波浩渺 / 99

玉楼春·红酥肯放琼苞碎 / 103

诉衷情·夜来沉醉卸妆迟 / 107

临江仙·庭院深深深几许 / 111

清平乐·年年雪里 / 115

蝶恋花·泪湿罗衣脂粉满 / 119

蝶恋花·暖雨晴风初破冻 / 123

目 录 III

蝶恋花·永夜厌厌欢意少 / 129

一剪梅·红藕香残玉簟秋 / 133

渔家傲·雪里已知春信至 / 137

渔家傲·天接云涛连晓雾 / 141

减字木兰花·卖花担上 / 145

行香子·草际鸣蛩 / 149

孤雁儿·藤床纸帐朝眠起 / 153

凤凰台上忆吹箫·香冷金猊 / 157

小重山·春到长门春草青 / 161

声声慢·寻寻觅觅 / 165

庆清朝慢·禁幄低张 / 169

永遇乐·落日熔金 / 173

清·谢荪 荷花图

常记溪亭日暮

二安·李清照

■ 通篇用白描手法,清丽可诵。

古代济南城郊溪流湖泊甚多,清末《老残游记》所记,较宋明时之水势亦大为减少,但犹以"家家泉水"称。北宋末刘豫开小清河疏浚济南积水之前,其水之丰盛当更胜于明朝。清照写此词的背景亦与济南当日之风光十分相合。其醉后手自操船,误入荷花深处,晕晕乎乎地发出"怎渡、怎渡"的疑问,这也是宋明时代的济南女子生活中的常事。

此词若说反映了济南本地的风光,似非附会之论。

二安·李清照·如梦令

常记溪亭日暮,①
沉醉不知归路。②
兴尽晚回舟,
误入藕花深处。③
争渡,争渡,④
惊起一滩鸥鹭。⑤

①常：恒久，常常。"常记"以下，全是作者的回忆。溪亭：一说是泛指溪边之亭；一说可能是专名——宋时济南确有"溪亭"的地名。

②沉醉：大醉。

③藕花：即荷花。《尔雅·释草》："荷，芙蕖，其实莲，其根藕。"按藕为莲的地下茎，古误以为根。

④争渡："争"同"怎"，"争渡"即怎么渡过去。

⑤鸥鹭：鸥和鹭都是水鸟。鸥：游禽类，常随潮而翔，迎浪蔽日。在海者名海鸥，在江者名江鸥。鹭：又名白鹭，通称鹭鸶，涉禽类，栖沼泽中。

清·恽寿平 秋海棠图

昨夜雨疏风骤

二安·李清照

■ 本篇的"绿肥红瘦"的创意造语,宋代以来一直被评家称赞。尤以清代神韵派大师王士禛说出了它的特点:"前辈谓史梅溪之句法,吴梦窗之字面,固是确论。尤须雕组而不失天然,如'绿肥红瘦''宠柳娇花',人工天巧,可称绝唱。"(《花草蒙拾》)"绿肥红瘦"正是人工天巧的统一,不温不火,恰到好处。

当然,清照并非简单承袭,而是另创造了一个新的意境,尤其是语言和形象,是未经人道的创新。

二安·李清照·如梦令

昨夜雨疏风骤,①
浓睡不消残酒。
试问卷帘人,②
却道海棠依旧。
知否、知否?
应是绿肥红瘦。③

明·周之冕 百花图

①雨疏风骤:雨点稀落,风势迅猛。

②卷帘人:指正在卷帘的侍女。

③绿肥红瘦:谓花木经雨后,叶片肥大,衬得花朵反而显小了。

明·唐寅 班姬团扇图

寂寞深闺

二安·李清照

■ 此词写女主人深闺愁浓,哀叹春光归去,盼望心上人归来。当属李清照年轻时的词作。全篇语言生动,表情婉转动人。"柔肠一寸愁千缕",从"断肠""愁肠寸断""柔肠百结"等成语中脱化出来,足见慧心。

二安·李清照·点绛唇

寂寞深闺，①
柔肠一寸愁千缕。②
惜春春去，
几点催花雨。③

倚遍阑干，
只是无情绪。④
人何处，
连天芳草，⑤
望断归来路。⑥

①闺：内室，后特指女子的卧室。

②晏殊《木兰花》："无情不似多情苦，一寸还成千万缕。"李清照此句似渊源晏殊之句。

③催花雨：本指春雨，这里是指催花凋落的雨。

④无情绪：心情抑郁惆怅。宋陈梅庄《述怀》诗："黄鹂知我无情绪，飞过花梢禁不声。"

⑤芳草：西汉淮南小山《楚辞·招隐士》："王孙游兮不归，春草生兮萋萋。"后人因此，以芳草作怀人之典。

⑥望断：向远处看曰望，望断是说极目远望，直至不见。韦庄《木兰花》词："独上小楼春欲暮，望断玉关芳草路。"

清·焦秉贞 仕女图册 柳院秋千

蹴罢秋千

二安·李清照

■ 一个少女,在梅子将熟的春天里,于户外打秋千刚罢,感到有些累,连手也懒得擦,而且"薄汗轻衣透",好似"露浓花瘦",生发着一种富有活力的青春气息。恰逢客来,使少女意外惊动。她已懂得了害羞,连鞋也来不及穿,金钗歪斜了也来不及整理,向屋门走(相当于现代汉语的"跑")去。然而好奇心又驱使她"倚门回首",但又不好意思公然观看,故而把一颗青梅遮在面前作嗅香状来掩饰。

作者撷取的这个场面颇为生动,活画出一个天真活泼的青春少女在特定情景下的动作,那身份好像是个小家碧玉,却显得很可爱。

二安·李清照·点绛唇

蹴罢秋千,①
起来慵整纤纤手。②
露浓花瘦,
薄汗轻衣透。

见客入来,
袜刬金钗溜。③
和羞走,④
倚门回首,
却把青梅嗅。⑤

①蹴：蹋。荡秋千时，人立横板上，必须用双足使力往前后推送，故称"蹴"。宋郑奎妻孙氏《春词》："秋千蹴罢鬓鬖髿。"

②纤纤：细长柔美之貌。《文选·古诗十九首》之二："娥娥红粉妆，纤纤出素手。"又十："纤纤濯素手，札札弄机杼。"

③袜刬（chǎn）：未穿鞋，穿袜履地行走曰"刬袜"。南唐李煜《菩萨蛮》词："刬袜步香阶，手提金缕鞋。"宋秦观《河传》词："鬓云松，罗袜刬。"
溜：滑去之意。南唐李煜《浣溪沙》词："佳人舞点金钗溜，酒恶时拈花蕊嗅。"

④和羞走：带着害羞的神情躲避客人。

⑤青梅：即梅子，是说梅子之青者。唐李白《长干行》诗："郎骑竹马来，绕床弄青梅。"

近代·钱松嵒 云山苍江

莫许杯深琥珀浓

浣溪沙 二安·李清照

■ 酒酣而意先陶醉,风刚来即晚钟随。而此时此刻,主人则小睡方觉,梦魂初醒,云鬓蓬松,独对烛花空爆而已。俗云:"烛花爆,喜事到。"此吉兆正与主人孤寂之境相反,更增加悲凉气氛。以景融情,不言悲而更悲。

二安·李清照·浣溪沙

莫许杯深琥珀浓, ①
未成沉醉意先融,
疏钟已应晚来风。 ②

瑞脑香消魂梦断, ③
辟寒金小髻鬟松, ④
醒时空对烛花红。 ⑤

①莫许：不要。琥珀：松柏树脂的化石，呈黄褐色或红褐色，燃烧时有香气。琥珀浓是指酒的颜色很浓，色如琥珀。唐李白《客中作》诗："兰陵美酒郁金香，玉碗盛来琥珀光。"

②疏钟：疏，稀，形容钟声断断续续。唐王维《秋夜对雨》诗："寒灯坐高馆，秋雨闻疏钟。"

③瑞脑：熏香名，即龙脑香。

④辟寒金：代指珍贵之金。词中所说的"辟寒金小"实际是说"金钗小"。髻鬟：发髻。唐孟浩然《王家少妇》诗："妆为桃李春，髻鬟低舞席。"

⑤烛花：烛焰，也作"烛华"。唐杜甫《官亭夕坐戏简颜十少府》诗："不返青丝鞚，虚烧夜烛花。"今天也把烛心结为穗形叫烛花。

明·唐寅 红叶题诗仕女图

枝上流莺和泪闻

二安·李清照

■ 此词写女主人对心上人的相思之情,若为易安所作,当是她年轻时作品。有人认为这首词作者有疑。王仲闻《校注》云:"汲古阁未刻词本《漱玉词》收此二词(《鹧鸪天·枝上流莺和泪闻》《青玉案·一年春事都来几》)虽未知所本,但此二首既非秦、欧之作,实应存疑,不宜遽从《漱玉词》中删去。"

易安·李清照·鹧鸪天

枝上流莺和泪闻,
新啼痕间旧啼痕。
一春鱼雁无消息,①
千里关山劳梦魂。

无一语,
对芳樽,②
安排肠断到黄昏。③
甫能炙得灯儿了,④
雨打梨花深闭门。

①鱼雁：指书信。汉乐府《饮马长城窟行之一》："客从远方来，遗我双鲤鱼。呼儿烹鲤鱼，中有尺素书。"《汉书·苏武传》："天子射上林中，得雁，足有系帛书，言武等在某泽中。"故后来鱼、雁成为书信的代称。

②芳樽：散发醇香的酒杯。

③安排：听任。

④甫能：方才。辛弃疾《杏花天》："甫能得见茶瓯面，却早安排肠断。"炙得灯儿了：犹言将油熬尽。

清·邹一桂 梨花夜月图

小院闲窗春色深

二安·李清照

■ 春日独居,只好与瑶琴对话。上片写闺房幽静,春色已深。下片"云出岫""风吹雨"虽字面点明"薄暮""弄阴",感叹韶光易逝,但"非风动也,非云动也,诗人心动也。"

末句点出"梨花易谢",大有"美人迟暮"之感。

二安·李清照·浣溪沙

小院闲窗春色深, ①
重帘未卷影沉沉, ②
倚楼无语理瑶琴。 ③

远岫出云催薄暮, ④
细风吹雨弄轻阴, ⑤
梨花欲谢恐难禁。

①闲：安闲，安静。

②沉沉：深沉貌，谓室内幽暗，黑影浓重。唐杜甫《醉时歌》诗："清夜沉沉动春酌，灯前细雨檐花落。"

③理：弹奏。瑶琴：有玉饰的琴。瑶，美玉。古典诗词中出现"玉琴""瑶琴"等，并不是真以玉装饰，实际就是指琴而已。

④岫（xiù）：《尔雅·释山》："山洞。"远岫出云，源于晋陶渊明《归去来辞》："云无心以出岫，鸟倦飞而知还。"后远岫用以指远山。薄暮：接近日落，傍晚。

⑤轻阴：一点点，薄薄的阴云。唐韩愈《同张水部籍游曲江寄二十二舍人》诗："漠漠轻阴晚自开，青春白日映楼台。"

清·陈枚 山水楼阁图册

淡荡春光寒食天

浣溪沙 二安·李清照

■ 作者通过对寒食天景物及人物活动的描写,表现她郊野斗草的喜悦和惜春的淡淡轻愁。此词简笔勾勒,不事雕琢,不着颜色。格调清新,用语通俗。当属易安早期词作。

二安·李清照·浣溪沙

淡荡春光寒食天,①
玉炉沉水袅残烟,②
梦回山枕隐花钿。③

海燕未来人斗草,④
江梅已过柳生绵,⑤
黄昏疏雨湿秋千。

①淡荡：即澹荡，指春风轻拂，天气和煦。宋吕本中《菩萨蛮》："高楼只在斜阳里，春风淡荡人声喜。"寒食：节令名。

②玉炉：玉制的香炉，或白瓷制成，洁白如玉，亦可称"玉炉"。玉，也可解为美称。沉水：也叫沉香，香料名。

③山枕：山形的枕头。隐：倚。花钿：一种嵌金花的首饰。唐鱼玄机《折杨柳》诗："朝朝送别泣花钿，折尽春风杨柳烟。"

④海燕：指每年从海上飞来在梁檐筑巢的燕子。斗草：古代年轻妇女儿童以草赌输赢的一种游戏。

⑤江梅：宋范成大《范村梅谱》以为是遗核野生，未经栽接者。此处则指宅院中的梅花。宋王安石《江梅》："江南岁尽风雪寒，也有江梅漏泄春。"

宋・佚名 古代花鸟长卷（局部）

绣面芙蓉一笑开

浣溪沙 二安·李清照

■ 此词当是易安早期作品。写一位风韵韶秀的女子与心上人幽会,又写信相约其再会的情景。人物的肖像描写采用了比拟、衬托、侧面描写的方法,语畅情流,神采飞扬,独具特色。唐代白居易《长恨歌》有"芙蓉如面柳如眉"句,这是一种比拟,把漂亮女子的"一笑",比作荷花开绽那么美。"一笑开",也颇有《长恨歌》里"回头一笑百媚生"的意味。"眼波才动被人猜",女主人那含情脉脉的明眸,是她心灵的镜子,刚刚转动,就被人窥测到她的心意,体会细腻,表现精致,栩栩灵动如生。

二安·李清照·浣溪沙

绣面芙蓉一笑开，①
斜飞宝鸭衬香腮，②
眼波才动被人猜。③

一面风情深有韵，④
半笺娇恨寄幽怀，⑤
月移花影约重来。

①绣面：唐宋时代妇女面颊额处贴装饰图案，即《木兰辞》之"对镜贴花黄"。芙蓉：荷花的别名。词中是指人面像芙蓉一样好看。

②宝鸭：指两颊所贴鸦形图饰。或指钗头为鸭形的宝钗。香腮：对女子面颊的美称。宋陈师道《菩萨蛮》词："玉腕枕香腮，荷花藕上开。"

③眼波：眼光，比喻目光似流动的水波。宋黄庭坚《浣溪沙》词："新妇矶边眉黛愁，女儿浦口眼波秋。"

④一面：整个脸上。风情：男女相爱之情。

⑤笺：小幅而华贵的纸张。古代用以题咏或写书信，故信札也叫"笺"。

北宋·王希孟 千里江山图（局部）

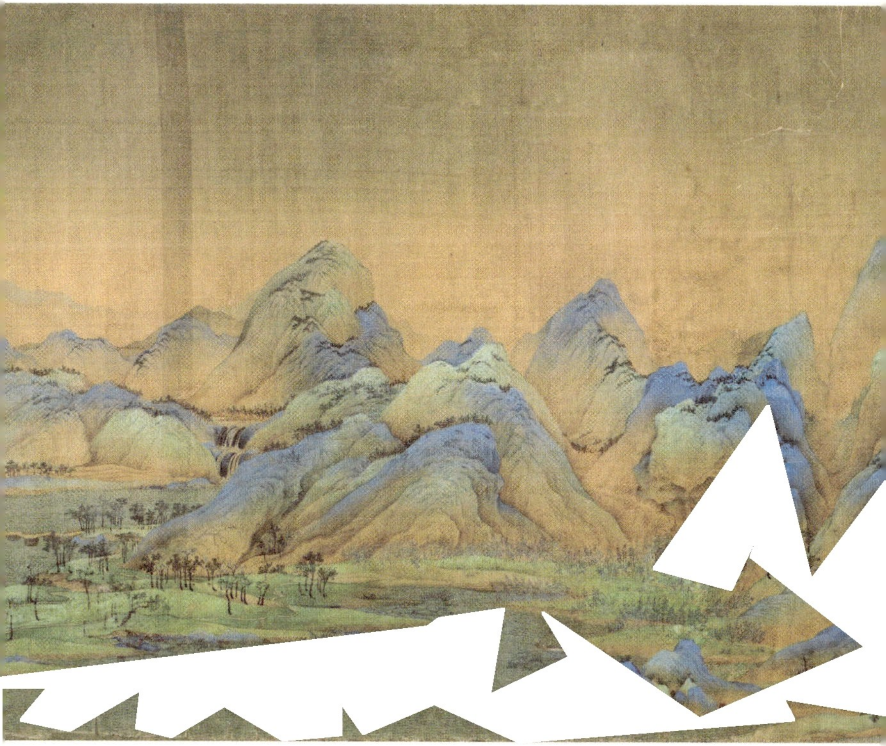

宋·佚名 云山楼阁图

风韵雍容未甚都

瑞鹧鸪　二安·李清照

■ 此词《花草粹编》署题为《双银杏》，而词句又与《瑞鹧鸪》不类。盖原为两首七言绝句，详词意为咏某种果品所作，被《花草粹编》妄题为《双银杏》。词中擘开并蒂莲，一般眼光则以为如"焚琴煮鹤"大煞风景，而清照不特为之而不讳，且云："要吟风味两家新"，其中的寓意，虽不知是否与她的遭遇有关，然亦有颇可属意者在。

二安·李清照·瑞鹧鸪

风韵雍容未甚都,①
尊前甘橘可为奴。②
谁怜流落江湖上,
玉骨冰肌未肯枯。③

谁教并蒂连枝摘,
醉后明皇倚太真。④
居士擘开真有意,⑤
要吟风味两家新。

①雍容：从容而有威仪。都：《诗经》："洵美且都"，是闲雅、美的意思。

②尊前甘橘可为奴：相传三国时李衡生前遣人在外植橘千株，临死对儿说："吾州里有千头木奴，不责汝衣食。"儿以白母，母云："此当是种甘橘也。"清照借此典而戏问所咏之物：你既然"未甚都"，与你同在酒杯前的甘橘怎可称为奴呢？

③玉骨冰肌：上阕所咏之物，既在尊前与橘共置，盖为佐酒食品，且"流落江湖"，又"玉骨冰肌"，更"未甚都"，似为水产品。

④醉后明皇倚太真：明皇，唐玄宗李隆基。太真，杨贵妃别号。

⑤居士：信佛教而未出家者，称为居士。此处乃清照自称，她别号为易安居士。擘开真有意：古乐府民歌，多以谐音喻义，如以"莲"为"怜"，以"蘗"谐"悲"等。新：谐音"心"，并带连理之"心"。

清·钱维城 梅茶水仙轴

风柔日薄春犹早

二安·李清照

■ 以生动的口语式的语言纳入既定的词谱之中,仍是流畅自如。早春夹衫乍换时的感觉,以简练的语言脱口而出,体现细致。"故乡何处是,忘了除非醉"乃人人意中事,以十个字就说得如此透彻明白,是语言大师的手笔。

二安·李清照·菩萨蛮

风柔日薄春犹早,①
夹衫乍著心情好。②
睡起觉微寒,
梅花鬓上残。③

故乡何处是?
忘了除非醉。
沉水卧时烧,④
香消酒未消。

①日薄：此指日光淡薄。宋陈人杰《沁园春》词："日薄风狞，万里空江，隐隐有声。"一本作"日暮"。

②乍著：刚刚穿上。

③梅花：指梅花妆。相传南朝宋武帝女寿阳公主，人日（农历正月初七）卧于含章殿檐下，梅花落于公主额上，成五出之花，拂之不去，自后有梅花妆。此句词是说睡起后妆已残。

④沉水：熏香名，即沉香，瑞香科植物，其木置水则沉，故名。《太平御览》引《南州异物志》："沉水香出日南，欲取，当先斫坏树著地。积久，外皮朽烂。其心至坚者，置水则沉，名沉香。"

清·恽寿平 湖山春暖图（局部）

归鸿声断残云碧

菩萨蛮

二安·李清照

■ 此词当为李清照南渡后的作品。上片写黄昏后的室内外景象,及永夜思念家乡的情景;下片写拂晓室内外景象和女主人难以看到梅花的惆怅。全词不着"愁""恨""思""念""故乡"一字,却把绵绵的乡国之愁蕴于艺术形象之中,有"不著一字尽得风流"之妙。不加雕饰,形象鲜明,表现人物心情起伏,意在言外,刻画入微。

> 二安·李清照·菩萨蛮

归鸿声断残云碧,①
背窗雪落炉烟直。②
烛底凤钗明,③
钗头人胜轻。④

角声催晓漏。⑤
曙色回牛斗。⑥
春意看花难,
西风留旧寒。

①归鸿：鸿，大雁。《诗经·小雅·鸿雁》："鸿雁于飞，肃肃其羽。"归鸿，是指春天北归的大雁。

②背窗：背后的窗子。唐温庭筠《菩萨蛮》词："相忆梦难成，背窗灯半明。"背，亦指北面的窗户。《诗经·卫风·伯兮》："焉得谖草，言树之背。"

③凤钗：凤凰钗，钗头做成凤凰的形状。唐牛峤《应天长》词："凤钗低赴节。"

④人胜：古代风俗，夏历正月初七称为人日，是日剪彩为人形，故名"人胜"。"人胜"是古代妇女在人日所戴的首饰。

⑤角：古代的一种乐器，出于西北地区游牧民族，后多作军号。漏：古计时器。

⑥牛斗：指二十八宿中的牛宿（属摩羯座）和斗宿（属人马座）。在本词中，"回牛斗"为时光流逝，即"斗转星移"之意。

明・吕纪 桂菊山禽图

暗淡轻黄体性柔

鹧鸪天

二安·李清照

■ 此词是咏桂花的。作者赞扬桂花"自是花中第一流",不仅是因为它的美丽,而且是因为它长存浓烈的芳香,这反映了她的审美观。上片采用直接描写的方法,下片采用侧面衬托的方法,通过议论赞美桂花,使主题深化,寄托遥深。

二安·李清照·鹧鸪天

暗淡轻黄体性柔,
情疏迹远只香留。①
何须浅碧深红色,
自是花中第一流。②

梅定妒,
菊应羞,
画栏开处冠中秋。③
骚人可煞无情思,④
何事当年不见收?⑤

①情疏迹远：指桂花的情态是性情疏单、遁迹山林的隐者。

②二句是说，无须用浅绿或大红的色相去招摇炫弄，它本来就是花中的第一流。

③"画栏"句：化用李贺《金铜仙人辞汉歌》的"画栏桂树悬秋香"之句意，谓桂花为中秋时节首屈一指的花木。

④骚人：诗人，屈原著《离骚》，后多以骚人代指诗人。可煞：疑问词，犹可是。情思：情意。

⑤何事：为何。此二句意谓《离骚》多载花木名称而未提及桂花。

清・余稚 花鸟图册 海棠

风定落花深

■ 春天是撩人的季节，陌头柳色尚惊动了不知愁的少妇，何况一代才女。春愁春怨春思，伤春惜春怀春，是诗歌中永远写个不休的题目。易安虽以居士自号，岂能超然物外？本篇简短、浑成，语气流畅，一往情深。

啼鴂即是杜鹃，其鸣声被古人听成了“行不得也哥哥”，闺中听了焉能不起“悔教夫婿觅封侯”之情！

二安·李清照·好事近

风定落花深,①
帘外拥红堆雪。②
长记海棠开后,
正伤春时节。

酒阑歌罢玉尊空,③
青缸暗明灭。④
魂梦不堪幽怨,
更一声啼鴂。⑤

①风定：风停。唐张泌《惜花》诗："蝶散莺啼尚数枝，日斜风定更离披。"

②拥红堆雪：凋落的红色、白色花瓣聚集堆积。

③酒阑：阑：残尽。酒阑：酒喝完了。宋李冠《蝶恋花》词："愁破酒阑闺梦熟，月斜窗外风敲竹。"

④缸：灯。唐白居易《长庆集·不睡》诗："焰短寒缸尽，声长晓漏迟。"青缸，即青灯。唐李白《夜坐吟》诗："青缸凝明照悲啼。"

⑤啼鸠：即鹈鸠，又名杜鹃。古人认为杜鹃的鸣声与"子规（归）"或"不如归去"谐音，游子听到之后，以为它劝说自己归家返乡。本词盖用谐音寄兴之义。

生雲中秋月正圓玲
瓏丹桂植當天無私普
照八荒外皎潔清光雲

澤鍾 中秋望月

清・蔣廷錫 桂花軸

揉破黄金万点轻

二安·李清照

■ 本篇是咏桂花之作。按咏物诗的惯例,作者也不在篇内直接点明桂花的名字,而是根据它的特色,写成一则优美的"谜面"。

上片正面描绘桂花的形状、特色。下片写其香气,则难于具体形容,便用了排除法,其香非梅、非丁香,那么结合上片的特色,在木本花中就非桂花莫属了。

"熏透愁人千里梦,却无情"这一句作为煞拍,点睛之笔。唐人之"打起黄莺儿",因"惊妾梦"而"不得到辽西";清照之恼桂花熏透了自己的千里梦,其心情亦是如此。此句犹如说:"你(桂香)熏透了我的梦,却不能给我以安慰,太无情了!"是痴语,情语,亦是俊语。

二安·李清照·摊破浣溪沙

揉破黄金万点轻,
剪成碧玉叶层层。
风度精神如彦辅,①
大鲜明。

梅蕊重重何俗甚,②
丁香千结苦粗生。③
熏透愁人千里梦,
却无情。

①彦辅：晋代乐广，字彦辅。《世说新语·品藻》："王夷甫太鲜明，乐彦辅我所敬。"词中谓彦辅鲜明，是李清照误忆。然乐广与王衍一样，崇尚清淡，故时言风流者，以两人为首。此词咏桂花，以乐广相比，言其清高而名重。

②梅蕊：梅花的花蕊。蕊：俗称花心。唐杜甫《江梅》诗："梅蕊腊前破，梅花年后香。"

③丁香千结：丁香结，即丁香的花蕾。"千"字言其花蕾之多，唐宋诗人多用来比喻愁思固结不解。唐李商隐《代赠》诗："芭蕉不展丁香结，同向春风各自愁。"

清·沈铨 荷塘鸳鸯图

薄露初零

二安·李清照

■ 此词从明抄本《诗渊》录出，原词注明作者"宋李易安"，此词是一篇寿词，是近年发现的，孔凡礼《全宋词补辑》收之。上片是用侧面描写的方法，下片采用正言直述之法。运用典故，含蓄蕴藉。

二安·李清照·新荷叶

薄露初零，①
长宵共永昼分停。②
绕水楼台，
高耸万丈蓬瀛。③
芝兰为寿，④
相辉映簪笏盈庭。⑤
花柔玉净，⑥
捧觞别有娉婷。⑦

鹤瘦松青，⑧
精神与秋月争明。⑨
德行文章，
素驰日下声名。⑩
东山高蹈，⑪
虽卿相不足为荣。
安石需起，
要苏天下苍生。

①薄露初零：按二十四节气，秋分之前为白露，之后为寒露，喻寿主之诞日在此二"露"之间。

②分停：将成数、总数分为几个等份，即为"分停"。此句结合寿主生辰之节候而擒辞，喻寿主生日恰值秋分之际，因秋分之时昼夜平分各占十二小时。

③蓬瀛：指神话传说中的神山，蓬莱、方丈、瀛洲。

④芝兰为寿：芝兰喻寿主的子弟，谓其子弟齐来祝寿也。

⑤簪笏：古代官员上朝，带笏板与笔，记事时书写于笏板上，无事则手执笏板，将笔簪插于冠上。

⑥花柔玉净：状美女之容貌。

⑦捧觞：捧杯献酒。娉婷：原喻美女之体态，而此指代寿主之妾侍。

⑧鹤瘦松青：古人以鹤、松为长寿之象征，鹤之瘦，谐"寿"，松之青色喻青春之"青"也，皆祝贺之吉祥词语。

⑨秋月：紧扣寿主之生辰在秋分之际。宋人多以明月喻人物的胸襟开朗宽和。

⑩日下声名：日下，古人喻皇帝为日，帝所居之地为日下，即京都。

⑪东山：此指今浙江省绍兴市上虞区西南之东山，东晋谢安早年隐居于此。高蹈：比喻隐居。

明·陈洪绶 春秋图

临高阁

忆秦娥

二安·李清照

四印斋本《漱玉词》补遗题作《咏桐》，《全芳备祖》收为李清照词，因该词中有"梧桐落"句，故将其词收"梧桐门"，其实并非咏梧桐之作。

此词，写作者登阁眺望及孤寂之感。心与物融，情与景合。两个"又还"，加重了凄凉哀郁的色彩，加深了主题的表达。

二安·李清照·忆秦娥

临高阁,
乱山平野烟光薄。①
烟光薄,
栖鸦归后,②
暮天闻角。③

断香残酒情怀恶,④
西风催衬梧桐落。⑤
梧桐落,
又还秋色,⑥
又还寂寞。⑦

①烟光薄：烟雾淡而薄。

②栖鸦：指在树上栖息筑巢的乌鸦。宋苏轼《祈雪雾猪泉，出城马上作，赠舒尧文》："朝随白云去，暮与栖鸦还。"

③闻：听。角：乐器。

④断香残酒：指熏炉里的香烧尽了，杯里的酒喝完了。情：《花草粹编》作"襟"。恶：伤心。

⑤衬：施舍，引申为帮助。"西风催衬梧桐落"，秋风劲吹，帮助即将凋落的梧桐叶更快飘落了。

⑥秋色：《花草粹编》作"愁也"。还：归，回到。另说，当"已经"讲。

⑦还：仍然。另说，当"更"讲。

宋·刘松年 秋窗读书图

病起萧萧两鬓华

摊破浣溪沙

二安·李清照

- 据篇中"萧萧两鬓华"句意，盖是清照晚年作品。上片言病后尚未康复，只能饮熟水，不能喝茶，言外之意：诗人平居有品茶之好。下片涉及"枕上诗书"与宋时士大夫的品茶习惯相映衬，体现了诗人的文化素养与生活趣味。加上窗外残月、门前雨景、院中桂树等景物，构成了一种病后静养的素雅的生活情景，充分表现了主人淡泊、萧散的风度。

"枕上诗书闲处好"：卧病读书与平日读书感受不同，能体会生活趣味的细微处，又能充分表达之。又与"门前风景雨来佳"相配，构成了一副绝妙的书斋楹联，足以赏心悦目。

二安·李清照·摊破浣溪沙

病起萧萧两鬓华,①
卧看残月上窗纱。
豆蔻连梢煎熟水,②
莫分茶。③

枕上诗书闲处好,
门前风景雨来佳。
终日向人多酝藉,
木犀花。④

①萧萧：头发稀短的样子。宋苏轼《次韵韶守狄大夫见赠》诗："华发萧萧老遂良，一身萍挂海中央。"
②豆蔻：植物名，多年生常绿草本，可入药。红豆蔻生于南海诸谷中，南人取其花尚未大开者，名含胎花，言如怀妊之身。诗人或以喻未嫁少女，言其少而美。唐杜牧《赠别》诗："娉娉袅袅十三余，豆蔻梢头二月初。"故词中说"豆蔻连梢"，言其鲜嫩。熟水：宋朝时的一种饮料。
③分茶：宋人常用语。王仲闻注李词《转调满庭芳》云："据各家所咏或记载，盖以茶匙（《茶谱》云：茶匙重，击拂有力）取茶（汤）注盏中为分茶也。"陆游《临安雨晴》诗有"晴窗细乳戏分茶"之句。
④木犀花：桂花的别称。以木材纹理如犀而名。

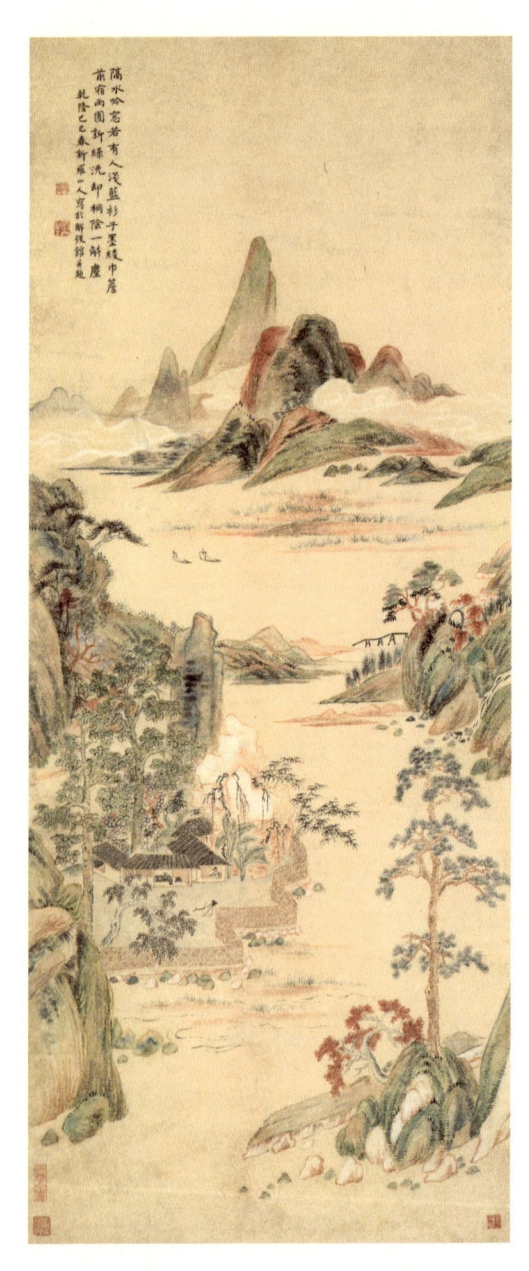

清·华嵒 隔水吟窗图

窗前谁种芭蕉树

采桑子

二安·李清照

- 此词是咏芭蕉的,当为李清照南渡后流寓江浙、投宿某馆舍所作。写她日间见庭院中的芭蕉树,三更兼听雨打芭蕉的凄厉声响,表现了她深沉浓重、痛苦难耐的思国怀乡之情。通过环境描写突现词旨,语言平易而隽永。

宋陈景沂《全芳备祖》调作《添字丑奴儿》,《花草粹编》《词谱》作《采桑子》。《采桑子》即《丑奴儿》,同调异名。《历代诗余》等收为易安词。

二安·李清照·添字采桑子

窗前谁种芭蕉树？①
阴满中庭。
阴满中庭，
叶叶心心，
舒卷有余情。

伤心枕上三更雨，
点滴霖霪。②
点滴霖霪，
愁损北人，③
不惯起来听。

①谁种：四印斋本《漱玉词》作"种得"。芭蕉：多年生草本植物，叶大、呈椭圆形，开白花，果实似香蕉。南唐李煜《长相思》："秋风多，雨相和，帘外芭蕉三两窠。夜长人耐何！"

②霖霪：指雨点绵绵不断，滴滴答答不停。霖霪，《历代诗余》等作"凄清"。

③愁损：因发愁而损伤身体和精神。北人：北宋灭亡，易安从故乡山东济南被迫流落到江浙，故称"北人"。北，《历代诗余》等作"离"。

清·邹一桂 花卉八开 菊花图

寒日萧萧上琐窗

鹧鸪天

二安·李清照

- 词人南渡之后，陷入国破家亡、夫死流离的悲惨境地，心绪寂寞，乡情殷切。此词写晚秋霜晨庭院中凄寒的景象，及女主人一醉解千愁的浓重家国之思。本篇结语最为精彩，本来乡情浓重，心绪凄怆，却说："莫负东篱菊蕊黄。"宕开笔墨，别处远神，境界全开，更引起读者冥想遐思，获得特殊的美感享受。

二安·李清照·鹧鸪天

寒日萧萧上琐窗,①
梧桐应恨夜来霜。
酒阑更喜团茶苦,②
梦断偏宜瑞脑香。

秋已尽,
日犹长,
仲宣怀远更凄凉。③
不如随分尊前醉,④
莫负东篱菊蕊黄。

①寒日：晚秋的霜晨，气温甚低，人们感觉不到阳光的热量，故称寒日。琐窗：窗棂作连锁形的图案，名琐窗。琐，即连环，亦作锁。南朝宋鲍照《玩月城西门廨中》诗："蛾眉蔽珠栊，玉钩隔琐窗。"

②酒阑：酒喝完了。团茶：一种压紧茶。宋朝多制茶团。宋欧阳修《归田录》载："茶之品莫贵于龙凤，谓之茶团，凡八饼重一斤。"

③仲宣怀远：王粲，字仲宣，山阳高平人，建安七子之一。曾写《登楼赋》，以抒怀乡的情思。其中有"情眷眷而怀归兮，孰忧思之可任！……悲旧乡之壅隔兮，涕横坠而弗禁"之句。

④随分：照例。宋袁去华《念奴娇·九日》："随分绿酒黄花，联镳飞盖，总龙山豪客。"

宋·马远 梅溪放艇图

风住尘香花已尽

二安·李清照

■ 本篇中"双溪"一名，其地在今浙江省金华市。李清照于绍兴元年（1131）再婚不久即离异。国破家亡，暮年颠沛流离于江南。绍兴四年她怀着无限怀旧的感情，写下了著名的感人肺腑的《金石录后序》；绍兴五年又写了这首伤悲凄婉的《武陵春》。本词之"只恐双溪舴艋舟，载不动许多愁"，是脍炙人口的佳句，令人联想起李煜的"问君能有几多愁，恰似一江春水向东流"。一联优美的诗句，源自多少前人的积累，令读者可以多方联想、比较、品味，享尽了多少诗情画意！

二安・李清照・武陵春

风住尘香花已尽,
日晚倦梳头。
物是人非事事休,①
欲语泪先流。

闻说双溪春尚好,②
也拟泛轻舟。③
只恐双溪舴艋舟,④
载不动、许多愁。

①物是人非：景物依旧，人事已非。三国曹丕《与朝歌令吴质书》："节同时异，物是人非，我劳如何？"

②双溪：水名，在今浙江金华市东南，是风景佳胜之区，也是唐宋诗人常吟咏的风景区。

③拟：准备，打算。

④舴艋：小船。唐李贺《南园》诗："泉沙更卧鸳鸯暖，曲岸回篙舴艋迟。"宋张先《木兰花》词："龙头舴艋吴儿竞，笋柱秋千游女并。"

明·吕纪 秋鹭芙蓉图

天上星河转

二安·李清照

■ 本篇为感流光之易逝，哀时事之变迁的悲伤之作。上下片之起二句，字同音叶，正可取作对仗句。前一联"星河"与"帘幕"照应，人间帘幕垂而孤栖（由席凉泪滋可知），天上牛郎织女相会（以本篇之气候推知为初秋），从而加重了凄凉情绪。后一联"莲蓬"与"藕叶"语涉双关，莲小叶稀既指衣服图案之疏落，又指人间景物之季节。

以工整之对仗句与流利而接近口语之散句配合，无限悲秋离恨而以寻常口吻出之，淡而实腴，浅而实深，饶有自然萧散之致。

易安 · 李清照 · 南歌子

天上星河转,①
人间帘幕垂。
凉生枕簟泪痕滋。②
起解罗衣,
聊问夜何其?③

翠帖莲蓬小,④
金销藕叶稀。⑤
旧时天气旧时衣。
只有情怀,
不似旧家时。⑥

①星河：天河，银河。《南齐书·张融传》："湍转则日月似惊，浪动而星河如覆。"

②簟（diàn）：竹席子。枕簟即枕席。滋：多。

③夜何其：相当于现代汉语说的"夜间什么时间了"。其：语助词，表疑问。《诗经·小雅·庭燎》："夜如何其？夜未央。"

④帖：此处是指把做好的花饰图案用细线不露针脚地缝在衣裳上，像黏附上去的一样。

⑤金销藕叶：用金线织在衣服上的荷叶。金销：以金饰物。与上句"翠帖"相对，均为服饰工艺。

⑥旧家：张相《诗词曲语辞汇释》卷六解释为"从前"，是宋时的习惯用语。

明·沈周 盆菊幽赏图（局部）

薄雾浓云愁永昼

二安·李清照

■ "人比黄花瘦"是李清照脍炙人口、千古长新的名句。人们甚至为此捏造出一个逸事佳话："易安以重阳《醉花阴》词函致明诚。明诚叹赏，自愧弗逮。务欲胜之，一切谢客，忘食忘寝者三日夜，得五十阕，杂易安作，以示友人陆德夫。德夫玩之再三，曰：'只三句绝佳。'明诚诘之，曰：'莫道不销魂，帘卷西风，人比黄花瘦。'政易安作也。"足见此句深受读者喜爱。

苗条淑女，自古所尚。"瘦"不仅美观，而且与"清"的品藻相通感，与菊花这一历代文学中惯用的形象相配，更为契合，更为精彩。

二安·李清照·醉花阴

薄雾浓云愁永昼,
瑞脑销金兽。①
佳节又重阳,②
玉枕纱厨,③
半夜凉初透。

东篱把酒黄昏后,④
有暗香盈袖。⑤
莫道不销魂,⑥
帘卷西风,
人比黄花瘦。⑦

①瑞脑：熏香名，即龙脑。金兽：兽形的铜香炉。唐罗隐《寄前宣州窦常侍》诗："喷香瑞兽金三尺，舞雪佳人玉一围。""销金兽"谓"香销于炉中"。

②重阳：农历九月九日。《周易》以九为阳数，九月而又九日，故称重阳节。唐杜甫《九日》诗："重阳独酌杯中酒，抱病起登江上台。"

③玉枕：玉制枕或白瓷制的枕头的美称。宋贺铸《菩萨蛮》词："绛纱灯影背，玉枕钗声碎。"纱厨：纱帐。唐王建《赠王处士》诗："青山掩障碧纱厨。"

④东篱：晋陶渊明《饮酒诗》(其五)："采菊东篱下，悠然见南山。"后世以"东篱"借指菊花或菊圃。

⑤暗香：清幽的香气。唐元稹《春月》诗："风柳结柔援，露梅飘暗香。"

⑥销魂：是说为情感，若魂魄离散。此处用以形容极度的愁苦。

⑦黄花：指菊花。唐李白《九日龙山歌》诗："九日龙山饮，黄花笑逐臣。"

宋·佚名 梨花鹦鹉图

帝里春晚

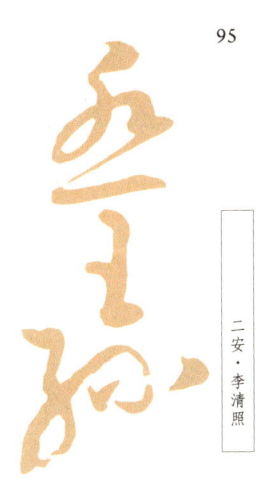

怨王孙

二安·李清照

■ 所谓"怨王孙"者，盖北宋时有人用《河传》调以赋思所欢之言，其句中有"怨王孙"之典故，因而改今名。李清照亦取此调表达春闺思夫之情，故袭用之。清照此词，盖亦写其思夫君、怨别离之情。此词颇为流行，宋人黄升用此调，改牌名为《月照梨花》，清初诗人万树指出是受了李清照"浸梨花"的影响。又有明人填此调，自云"和易安韵"，可见其广为人爱读。

二安·李清照·怨王孙

帝里春晚，①
重门深院，
草绿阶前。
暮天雁断。
楼上远信谁传？
恨绵绵。②

多情自是多沾惹，③
难拚舍，④
又是寒食也。
秋千巷陌人静，⑤
皓月初斜，
浸梨花。⑥

①帝里：京城，帝京。《晋书·王导传》："建康古之金陵，旧为帝里。"此指汴京。

②绵绵：连续不断。唐白居易《长恨歌》诗："天长地久有时尽，此恨绵绵无绝期。"

③沾惹：招引。

④拚舍：抛弃。

⑤秋千：我国传统游戏器械。木架上悬两绳，下拴横板，人在板上或坐或站，两手握绳，使前后摆动。巷陌：街道的通称。

⑥浸梨花：此句是说月光宛如一汪清水，浸透了梨花。宋秦观《忆王孙》云："雨打梨花深闭门。"清照此句盖从此生发。

明·仇英 人物故事图 南华秋水

湖上风来波浩渺

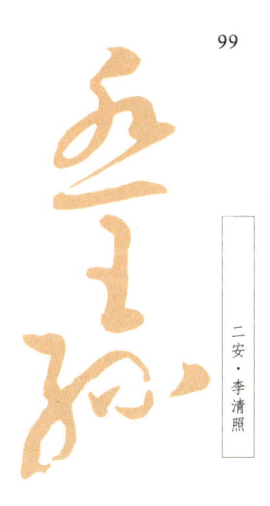

二安·李清照

■ 本篇以亲切清新的笔触，写出暮秋湖上水光山色的优美迷人，表现了她对美丽风光的挚爱之情，当属李清照早期作品。该词语言轻松平易，简洁清朗，鸥鹭似与诗人共赏此胜景而会心同趣。古人写秋多感伤之语、悲凄之调，也有人能把秋天写得绚丽多彩，令人振奋鼓舞。作为一个中国封建社会的女子，把晚秋景色写得如此俊朗，令人意志焕发，毫无萎靡之感，在中国古代闺阁作家中实属少见。

二安·李清照·怨王孙

湖上风来波浩渺，①
秋已暮，
红稀香少。②
水光山色与人亲，
说不尽，
无穷好。

莲子已成荷叶老，
清露洗，
蘋花汀草。③
眠沙鸥鹭不回头，
似也恨，
人归早。

①浩渺：形容水势广阔无边。

②红稀香少：是写暮秋时节，花朵已快落尽，飘散出来的香气也减少了。

③蘋花汀草：蘋：多年生草本植物，生浅水中，叶有长柄，柄端四片小叶呈田字形，也叫田字草，夏秋时叶柄下部歧出小枝，枝生两三个小囊状体，孢子即生于囊中，蘋花即指此。汀：水边平地，小洲。

明·朱竺　梅茶山雀图

红酥肯放琼苞碎

玉楼春

二安·李清照

- 这首小令,是一首咏梅词,写出了梅的品质和词人矛盾的心绪。上片说梅花终于开放了。其所以迟迟不开,乃是积蕴更多的芳香来馈赠世人,体现了它的深厚情意。末句是拟人化的写法,然而是以花拟人呢,抑或是以人拟花?还是"夫子自道"?下片直说自己憔悴、闷损,但又不负赏梅之期。

几句平常话,包蕴了无限意。生机勃发,却以蕴藉的风度处之。仪态万方,风致宛然。作为读者,正好欣赏到一段有声有色的闺中雅事,获意外之乐。

二安·李清照·玉楼春

红酥肯放琼苞碎？①
探著南枝开遍未？②
不知酝藉几多香，③
但见包藏无限意。

道人憔悴春窗底，④
闷损阑干愁不倚。⑤
要来小酌便来休，
未必明朝风不起。⑥

①红酥：形容红梅。酥：酪类，以牛羊乳制成。此处形容梅花初放时的柔和色泽。此句意谓这粉腻似酥的红梅，怎能愿意轻易地使花蕾开放而散落破碎呢？肯：这里是"不肯"，不愿意。

②南枝：向南的枝干。因其受阳光最多，故花开较早。此句是说：梅花在南枝上跃跃欲试地开放了，但有没有全部开遍呢？言下之意即尚未开遍。

③酝藉：这里有"积聚""酝酿"意。《汉书·薛广德传》："广德为人温雅，有酝藉。"

④道人：道，说道，说是。道人意即说有个人。憔悴：瘦弱萎靡貌。也泛指折磨困苦。宋柳永《凤栖梧》词："衣带渐宽终不悔，为伊消得人憔悴。"

⑤闷损：犹言闷得很、闷煞。齐鲁方言。

⑥酌：斟酒，饮酒。小酌：小饮。便来休：犹言就来吧。休：语助词。此二句是写梅名句。作者有勿失赏梅良机且借酒自遣之意。

近代·陈少梅 红楼望梅图

夜来沉醉卸妆迟

二安·李清照

■ 《诉衷情》当为李清照南渡前的作品，抒写了女主人对远游丈夫的绵绵情思。作者用寥寥四十四个字，写出了女主人种种含蓄的活动及复杂曲折的心理，惟妙惟肖。梅花芳香可爱，因梅香熏醒了自己与丈夫相会的梦境，竟迁怒而揉损了梅花，以衬托主人公对丈夫刻骨铭心的怀念。女主人的思想感情波澜起伏，因愁而"沉醉"，因"梦远"而高兴，因"熏破"而愤怒。对梅花，因爱而插戴，因憎而"挼""捻"。成功的心理刻画使人物形象栩栩如生，也使读者拍案叫绝，惊叹不已。前人云："词以婉转为上，宜若几曲湘流，一波三折。"是有一定道理的。

二安·李清照·诉衷情

夜来沉醉卸妆迟,①
梅萼插残枝。②
酒醒熏破春睡,
梦远不成归。③

人悄悄,④
月依依,⑤
翠帘垂。
更挼残蕊,⑥
更捻余香,⑦
更得些时。⑧

①沉醉：大醉。

②萼：花瓣外面的一层小托片。宋苏轼《早梅芳》："嫩苞匀点缀，绿萼轻减裁。"

③远：《花草粹编》作"断"。

④悄悄：寂静无声。五代冯延巳《鹊踏枝》："庭树金风，悄悄重门闭。"

⑤依依：留恋难舍，不忍离去之意。《诗经》："昔我往矣，杨柳依依。"

⑥更：又。柳永《雨霖铃》："便纵有千种风情，更与何人说。"挼：揉搓。

⑦捻（niǎn）：一作"撚"，义同。用手指搓转。南唐张泌《浣溪沙》："闲折海棠看又捻，玉纤无力惹余香。"

⑧得：需要。些：《花草粹编》作"此"。

清·冷枚 春闺倦读图

庭院深深深几许

二安·李清照

■ 本词由前人的"庭院深深深几许"这一佳句而生发，写出词人45岁离乡远居建康（今南京）时逢国家遭侵扰之际的悲伤心情。

李清照对于造句构词的语言之美，非常敏感，非常爱好，玩赏之余，予以援用，并融入全篇，浑化无迹。特别是上下两片都以对仗句作结束，更应标出的是第二联"试灯无意思，踏雪没心情"，读来全似大白话，举重若轻，挥洒自如，表现了熟练的修辞功力。

二安·李清照·临江仙

庭院深深深几许?①
云窗雾阁常扃,②
柳梢梅萼渐分明。③
春归秣陵树,④
人客建康城。⑤

感月吟风多少事,⑥
如今老去无成。
谁怜憔悴更凋零。
试灯无意思,⑦
踏雪没心情。

①几许：多少。《文选·古诗十九首》之十："河汉清且浅，相去复几许。"

②云窗雾阁：唐韩愈《华山女》诗："云窗雾阁事恍惚，重重翠幔深金屏。"扃（jiōng）：自外关闭门户用的门闩，引申为关闭之意。

③萼（è）：环列花朵外部的叶状薄片，一般指花朵。《晋书·皇甫谧传》："是以春华发萼，夏繁其实。"宋苏轼《早梅芳》词："嫩苞匀点缀，绿萼轻减裁。"

④秣（mò）陵：地名，即今江苏省南京市的古称。

⑤建康：亦为今南京的古称。一本作"建安"。

⑥感月吟风：相当于后人所说的"吟风弄月"，一般是指作诗词。

⑦试灯：旧俗元宵节张灯结彩，以祈丰收。正月十四日为试灯日。试灯就是指未到元宵节而张灯预赏。宋陆游《初春》诗："元日人日来联翩，转头又见试灯天。"

明·陈洪绶 梅花山鸟图

年年雪里

二安·李清照

■ 此词当为清照南渡后的咏梅词作。清照回忆南渡前与梅花有关的一些往事，感慨良深。该词运用了白描、对比等艺术手法，用洗练的文字，不加渲染，不用烘托，质朴自然地勾勒出鲜明的形象。通过伤今追昔，表现出作者深沉的家国之思、悼亡之情、身世飘零之感。

二安・李清照・清平乐

年年雪里，
常插梅花醉。
挼尽梅花无好意，①
赢得满衣清泪。②

今年海角天涯，③
萧萧两鬓生华。④
看取晚来风势，⑤
故应难看梅花。

①挼：以手揉搓。唐元稹《酬孝甫见赠》："十岁荒狂任博徒，挼莎五木掷枭卢。"

②赢得：获得。杜牧《遣怀》："十年一觉扬州梦，赢得青楼薄幸名。"

③海角天涯：形容地方极为偏远。宋晏殊《踏莎行》："无穷无尽是离愁，天涯地角寻思遍。"唐关盼盼《燕子楼》诗："相思一夜情多少，地角天涯不是长。""海角天涯""天涯地角""地角天涯"同意。

④萧萧：耳际的头发短而稀疏的样子。宋苏轼《南歌子》："苒苒中秋过，萧萧两鬓华。"

⑤看取：看着。唐李白《长相思》有"不信妾肠断，归来看取明镜前"句。

宋·朱绍宗 菊丛飞蝶图

泪湿罗衣脂粉满

二安·李清照

■ 此篇是宣和三年（1121）清照自青州至莱州途中寄宿昌乐馆所作。构思细腻熨帖，用语又晓畅自然，是典型的李清照的文字风格。

"泪湿罗衣脂粉满"，泪水将面上脂粉冲淌到罗衣上去，是女子的切身体会。此事虽生活常见却未经人道。"忘了临行，酒盏深和浅"的情景亦是如此。二流作家习惯于前人笔墨中讨生活，一流作家才善于撷取生活中的庸言庸行，点土成金，自铸伟词。这正是李清照词作的"看家本领"。

二安·李清照·蝶恋花

泪湿罗衣脂粉满,
四叠阳关,①
唱到千千遍。
人道山长山又断,
萧萧微雨闻孤馆。

惜别伤离方寸乱,②
忘了临行,
酒盏深和浅。
好把音书凭过雁,
东莱不似蓬莱远。③

①阳关：曲调名。又名《渭城曲》。唐王维《送元二使安西》诗："渭城朝雨浥轻尘，客舍青青柳色新。劝君更尽一杯酒，西出阳关无故人。"后入乐府，以为送别曲，反复诵唱，谓之《阳关三叠》。"四叠阳关"，大意是把《渭城曲》唱了一遍又一遍。

②方寸乱：方寸，指心。方寸乱，是说心绪乱也。

③东莱：即莱州，今山东省莱州市。当时赵明诚守莱州。蓬莱：神话中海上三神山之一。《史记·秦始皇本纪》："齐人徐市具书言，海中有三神山，名蓬莱、方丈、瀛洲。"

北宋·赵昌 写生蛱蝶图

暖雨晴风初破冻

二安·李清照

■ 大地春回，万物复苏，冻结了的春心（生命力）萌动了。"柳眼梅腮"是以物拟人，抑或是以人拟物？

"已觉春心动"，是梅柳，还是主人？形象叠印移换，语涉双关，令人目摇神夺。

细节描写，善于用"特写镜头"来表现。明代徐士俊所评："此媛手不愁无香韵。近言远，小言至。"古人于四百年前已悟出拉近与推开的描绘手法的活用，犹如当今影视拍摄的镜头运用，其实李清照于八百多年以前已经用笔实践过了。

"独抱浓愁无好梦，夜阑犹剪灯花弄。"情态写得逼真，构图也很优美，真所谓"此媛于不愁无香韵"也。

二安·李清照·蝶恋花

暖雨晴风初破冻，
柳眼梅腮，①
已觉春心动。②
酒意诗情谁与共？
泪融残粉花钿重。③

乍试夹衫金缕缝，
山枕斜欹，④
枕损钗头凤。⑤
独抱浓愁无好梦，
夜阑犹剪灯花弄。⑥

①柳眼：初生的柳叶，细长如人睡眼初展，故称柳眼。梅腮：指花蕾外层的梅花瓣。一说梅花瓣似美女的香腮，因此称作"梅腮"。

②春心：此处为双关语，一说柳梅，一说人心。

③花钿：钿：金花。多指妇人首饰，如花钿、金钿。

④山枕：山形的枕头。欹：倾斜。此处指卧时歪向一侧。

⑤钗头凤：钗是古代妇女的一种首饰。钗做成凤凰形的，即叫"凤凰钗"或"凤钗"。钗上的凤便叫"钗头凤"。

⑥夜阑：夜残，夜将尽时，指夜深。灯花：灯芯的余烬，爆成花形，故名。古代人常以灯花作为吉兆。

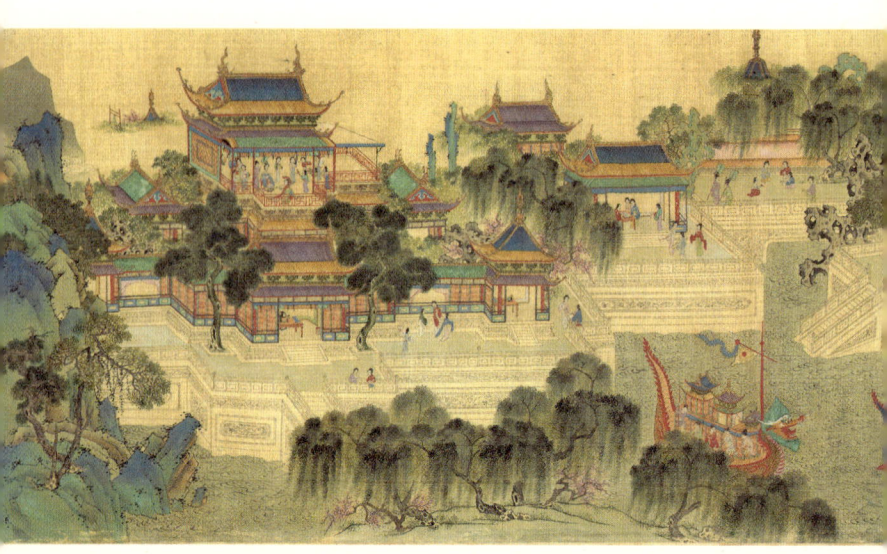

明·仇英 清明上河图（局部）

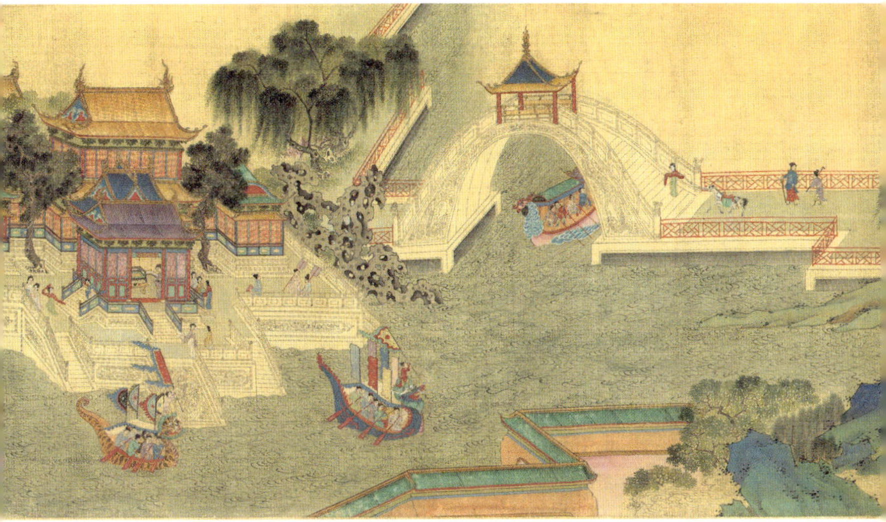

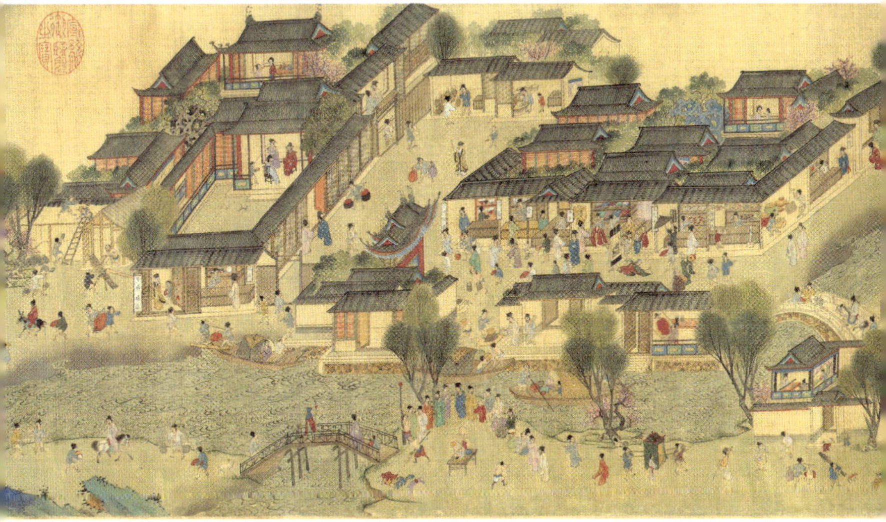

南宋·佚名 青枫巨蝶图

永夜厌厌欢意少

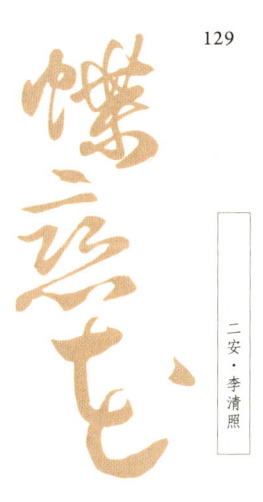

二安·李清照

- 从"空梦长安""春似人将老"的句意推测,本篇可能是清照晚年流亡江南所作。

《花草粹编》题为《上巳召亲族》。上巳为古代节日,汉以前,上巳必取巳日,但不必三月初三;自魏以后,一般习用三月初三,但不定为巳日。上巳节是欢快的,与亲族相聚亦是惬意的,虽然"为报今年春色好",但是她却"欢意少"。两相对照,反差愈大,心情愈痛切。

这首词细致地写出了每逢佳节倍思"乡"的况味,这滋味又被作者以"酒美梅酸"的比喻恰当地体现出来。

二安·李清照·蝶恋花

永夜厌厌欢意少。①
空梦长安,②
认取长安道。③
为报今年春色好,
花光月影宜相照。

随意杯盘虽草草。④
酒美梅酸,
恰称人怀抱。⑤
醉莫插花花莫笑,
可怜春似人将老。⑥

①永夜：漫漫长夜。厌厌：安静，久也。《诗经·小雅·湛露》："厌厌夜饮，不醉无归。"唐李商隐《楚宫》词："秋河不动夜厌厌。"

②长安：即今陕西省西安市，是汉唐的都城。后人多用作首都的代名，此词借指北宋国都汴京。

③认取：认得。

④草草：简陋。杯盘草草，是指酒食简单、不丰盛。宋王安石《示长安君》诗："草草杯盘供笑语，昏昏灯火话平生。"

⑤称人怀抱：合人心意。

⑥宋人头上插花，以取欢庆，尤其节日。而人老插花，花似笑人之老矣。更可叹的是春日又如人，也将老去而时日无多矣。末二句意婉而曲，耐人寻味。

元·朱叔重 春塘柳色轴

红藕香残玉簟秋

一剪梅

二安·李清照

■ 本词语言流畅活泼，如小河流水极清澈而又动听。全篇四个七言句子，都是用接近口语的文字，吐属自然。如"云中谁寄锦书来""花自飘零水自流"纯是大白话，可又那么严守平仄格律，凛遵不苟，表现能力达到"随心所欲不逾矩"的高度。

二安·李清照·一剪梅

红藕香残玉簟秋，①
轻解罗裳，②
独上兰舟。③
云中谁寄锦书来？④
雁字回时，⑤
月满西楼。⑥

花自飘零水自流，
一种相思，
两处闲愁。⑦
此情无计可消除，
才下眉头，⑧
却上心头。

①簟（diàn）：竹席。玉簟：指光泽如玉的竹席。

②裳（cháng）：古称裙为裳，男女都可以穿。

③兰舟：即木兰舟。明李时珍《本草纲目》说："木兰枝叶俱疏，其花内白外紫，亦有四季开者，深山生者尤大，可以为舟。""兰舟"或"木兰舟"不一定就是木兰树制造的，诗人以之为舟的美称。

④锦书：相传前秦秦州刺史窦滔被徙流沙，其妻苏蕙思念他，织锦为回文璇玑图诗寄给丈夫，可以循环读之，词甚凄婉，共840字。后世用以称妻寄夫之书信。

⑤雁字：雁在空中飞时常常排成行，像"人"字或"一"字形，故称"雁字"。古代相传鸿雁能传书。故此词上句说寄书，下句言"雁字"。

⑥西楼：指思念者的居所。五代夏宝松《宿江城》："雁飞南浦砧初断，月满西楼酒半醒。"

⑦一种相思，两处闲愁：是说双方都在为相思愁苦，古词有"一种相思两地愁"句。

⑧这两句是说：眉头刚刚舒展，心中又涌上愁思。

清·冷枚 雪艳图

雪里已知春信至

渔家傲

二安·李清照

- 此词当为李清照南渡前所作,是首咏梅词。梅花是作者自我形象的缩影,深有寄托,她借咏梅歌颂自己的婚姻爱情,拟人手法运用卓妙,将梅花写得形神俱似,亦花亦人,浑然一体。

二安·李清照·渔家傲

雪里已知春信至,
寒梅点缀琼枝腻。①
香脸半开娇旖旎,②
当庭际,
玉人浴出新妆洗。③

造化可能偏有意,④
故教明月玲珑地。⑤
共赏金尊沉绿蚁,⑥
莫辞醉,
此花不与群花比。

①琼枝：像美玉制成的枝条。李煜《破阵子》："凤阁龙楼连霄汉，玉树琼枝作烟罗。"腻：光洁细腻之意。唐郭震《莲花》："脸腻香薰似有情，世间何物比轻盈。"

②香脸：指女人敷着胭脂散发香味的面颊，用以比拟散发芳香的花朵。宋王诜《烛影摇红》："香脸轻匀，黛眉巧画宫妆浅。"旖旎（yǐ nǐ）：柔美妩媚之意。

③玉人：美人。唐杜牧《寄扬州韩绰判官》："二十四桥明月夜，玉人何处教吹箫。"

④造化：指大自然。唐薛涛《朱槿花》："造化大都排比巧，衣服色泽总薰薰。"

⑤玲珑：清晰明亮。唐李白《玉阶怨》："却下水晶帘，玲珑望秋月。"

⑥金尊：珍贵的酒杯。绿蚁：本来指古代酿酒时上面浮的碎屑沫子，也叫浮蚁，后来衍为酒的代称。

近代·黄宾虹 舟行溪谷图

天接云涛连晓雾

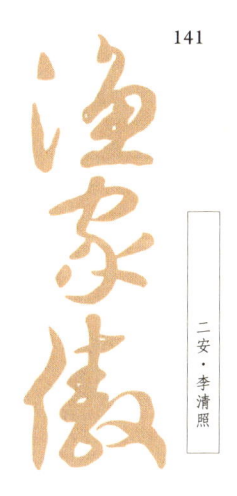

渔家傲

二安·李清照

■ 诗人想象自己到了天宫,受到天帝的款待。早在《楚辞》中就有类似的题材。嫁名为屈原的《远游》就写的是遨游天宇,但它只是把《离骚》中后半部分情节予以生发扩充。李清照则是把这一古诗常用题材,第一个引进到曲子词中,作新的尝试。

海上三神山是齐地居民世代传袭的憧憬,大九州的学说是齐国思想家邹衍的创造,李清照是齐地的女儿,脂粉之下透出豪侠之气,喷涌的趵突泉永远是和广阔大海相通的。她写出这种作品来,不是偶然的。

二安·李清照·渔家傲

天接云涛连晓雾,
星河欲转千帆舞。①
仿佛梦魂归帝所,②
闻天语,③
殷勤问我归何处。

我报路长嗟日暮,④
学诗谩有惊人句。⑤
九万里风鹏正举。
风休住,
蓬舟吹取三山去。⑥

①星河：天河，银河。

②帝所：天帝居住的地方。

③闻天语：听见天帝的话语。

④报：回答。路长：喻人生的道路悠长。嗟：慨叹。嗟日暮，犹言慨叹自己求索未得而时光已逝。

⑤谩：徒然。宋王安石《桂枝香》："千古凭高对此，谩嗟荣辱。"

⑥蓬舟，即帆船。三山：古代神话中的三座神山，或称"三神山""三岛"。《史记·封禅书》："自威、宣、燕昭，使人入海求蓬莱、方丈、瀛洲。此三神山者，其传在渤海中，去人不远，患且至，则船风引而去。"吹取：或作"吹往"。"取"为齐鲁方言，言选取什么道路。

清·钱维城 万有同春图（局部）

卖花担上

减字木兰花 二安·李清照

■ 此词当是李清照年轻时所作,表现女主人对春花的喜爱,以及对容貌美及爱情的追求。人面欲与花面争艳,语气娇憨,是作者婚后幸福生活的写照。该词运用心理描写、拟人等手法,语言活泼、清新。

二安·李清照·减字木兰花

卖花担上，
买得一枝春欲放。①
泪染轻匀，②
犹带彤霞晓露痕。③

怕郎猜道，
奴面不如花面好。
云鬓斜簪，④
徒要教郎比并看。⑤

①一枝春欲放：南朝陆凯《赠范晔》："折梅逢驿使……聊赠一枝春"，诗人遂以"一枝春"指代梅花。宋黄庭坚《刘邦直送早梅水仙花》："欲问江南近消息，喜君贻我一枝春。"此指买得一枝将要开放的梅花。

②泪染：眼泪濡湿，这里指露水浸染之意。明邹迪光《美人早起》："立沾罗袜花间露，薄染香奁镜里云。"染，四印斋本《漱玉词》作"点"。

③彤霞：红色彩霞。这里指梅花之色彩。

④簪：名词作动词，即插于发中。宋苏轼《吉祥寺赏牡丹》："人老簪花不自羞，花应羞上老人头。"

⑤徒：只。李白《赠孟浩然》："高山安可仰，徒此揖清芬。"比并：放在一起比较。敦煌词《苏幕遮》："莫把潘安，才貌相比并。"

南宋·佚名 七夕乞巧图(局部)

草际鸣蛩

二安·李清照

■ 七夕,是中华女儿节,也是情人节。早在汉代闺中即于七夕和每月十九日相会。特别是七夕,牛郎织女每年鹊桥相会的神话,更能使征夫、思妇惆怅不已。天气的阴晴,影响到人的情绪,诗歌中的阴云浓雾往往是忧愁的象征。七夕若逢阴雨,人们会担心云横鹊桥、雾迷津渡,生怕有情人不相逢。此篇正为七夕恰逢多云阵雨的天气而发。

本篇联想灵动,构思精巧,尤其是下片的语言呖呖动听,酷肖女孩的话声。这种风格只有在女作家中才能出现,女作家中只有李清照才能表现得好,这是她的代表作。

二安·李清照·行香子

草际鸣蛩,①
惊落梧桐,
正人间天上愁浓。
云阶月地,②
关锁千重。
纵浮槎来,③
浮槎去,
不相逢。

星桥鹊驾,④
经年才见,
想离情别恨难穷。
牵牛织女,⑤
莫是离中。
甚霎儿晴,⑥
霎儿雨,
霎儿风?

①蛩（qióng）：蟋蟀。蟋蟀立秋后始鸣，人称"秋虫"，是秋天的信号。

②云阶月地：以云为阶，以月为地，指天上。唐杜牧《七夕》诗："云阶月地一相过,未抵经年别恨多。"

③浮槎（chá）：槎，木筏。

④星桥鹊驾：星桥，银河之桥，即神话中的鹊桥。传说每年农历七月七日晚，喜鹊联翅架桥，使牛郎、织女渡过银河相会。唐李商隐《七夕》诗："鸾扇斜分凤幄开，星桥横过鹊飞回。"

⑤牵牛织女：牵牛，星名，俗称牛郎星，在天鹰座。织女，星名，在银河西，与河东牵牛星相对，属天琴座。

⑥霎（shà）儿：一会儿，齐鲁方言。

清・沈铨 松梅双鹤图

藤床纸帐朝眠起

世人作梅词，下笔便俗。予试作一篇，乃知前言不妄耳

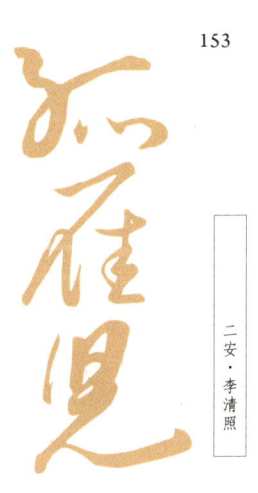

孤雁思

二安·李清照

■ 本篇借梅花兴发，以寄怀人之思。

上片前四句，是诗人运用白描的手法，玉炉香残生寒，伴她情怀如水，比拟得妙，描绘出一幅幽怨情调的画面。

然而自第五句以后，连用"三弄""吹箫人去"等典故，不免堆累、雷同。诗人颇有自知之明，附记云："世人作梅词，下笔便俗。予试作一篇，乃知前言不妄耳"，自己仍然不能脱俗。

二安·李清照·孤雁儿

藤床纸帐朝眠起,①
说不尽无佳思。
沉香断续玉炉寒,②
伴我情怀如水。
笛声三弄,③
梅心惊破,
多少春情意。

小风疏雨萧萧地,
又催下千行泪。
吹箫人去玉楼空,④
肠断与谁同倚?⑤
一枝折得,⑥
人间天上,
没个人堪寄。

①藤床：用藤条编制成的床。

②沉香：一种香料的名字，以沉香木的木材与树脂制成。其黑色芳香，脂膏凝结为块，入水能沉，故名"沉香"，也叫"沉水"。

③笛声三弄：汉朝有笛中曲叫《梅花落》，因有三叠，故称"梅花三弄"。

④玉楼空："玉"字为楼的美称。唐李商隐《代应》诗："离鸾别凤今何在，十二玉楼空更空。"

⑤肠断：形容悲痛之极。唐王建《调笑令》："肠断、肠断，鹧鸪夜飞失伴。"

⑥一枝折得：是谓折了一枝梅花。折花（梅）相赠或寄远，是中国古代的一种风尚，用以表示对挚友的慰藉和浓厚情谊。

叶劲风摧满钿寒偏永昼
幽人久孤何衷阖思何弟
　　少梅

近代·陈少梅 幽人久孤

香冷金猊

二安·李清照

■ 此词当是易安年轻时的作品。本词的口吻,不是以第三人称向读者介绍;虽是第一人称,却不是某一妇女向读者表述,而是作者塑造的特定人物直接面向其爱人的倾诉。

诗人笔下的少妇,不只会"呢呢儿女语",也表现出一定的文化教养——书卷气。下片随口说出的"武陵人远,烟锁秦楼"的典故,以及适度地运用了"云遮视线",却说"烟锁秦楼",不说想寄情流水,却说流水"应念我",这种书面文字习用的烘托表情、借物见意的手法,都隐隐证实了她的身份。

二安·李清照·凤凰台上忆吹箫

香冷金猊,①
被翻红浪,②
起来慵自梳头。
任宝奁尘满,③
日上帘钩。④
生怕离怀别苦,⑤
多少事、欲说还休。
新来瘦,
非干病酒,⑥
不是悲秋。⑦

休休!⑧
这回去也,
千万遍阳关,⑨
也则难留。
念武陵人远,
烟锁秦楼。
唯有楼前流水,
应念我、终日凝眸。
凝眸处,
从今又添,
一段新愁。

①香冷：指香料已经燃尽。金猊（ní）：香炉，涂金为狻猊（即狮子）形，燃香于其腹中，香烟自口出。

②这句是说：红锦被乱摊在床上，状似"红浪"。用以表示女主人公的懒散心情。

③宝奁（lián）：精美、华贵的梳妆镜匣。

④帘钩：挂帘的钩。

⑤生：是副词，加重语气。齐鲁方言。

⑥病酒：因酒而病，是说饮酒沉醉如病。唐李商隐《寄罗劭兴》诗："人闲微病酒。"

⑦悲秋：是说人因秋天来了而悲愁。唐杜甫《登高》诗："万里悲秋常作客，百年多病独登台。"

⑧休休：仿佛现代汉语的"罢了，罢了"。

⑨阳关：此处为地名，阳关在沙州寿昌县西三公里（在今甘肃省敦煌市西南）。阳关有时还指曲调名，送别曲。

清·邹一桂 花卉八开 水仙

春到长门春草青

小重山

二安·李清照

■ 此词当为易安南渡前的作品,写女主人早春思念丈夫,盼望丈夫早日归来共度今春的迫切心情。上片含蓄,下片直率,相映成趣。情景相间,以景托情。意境开朗,感情真朴。与易安写离情别绪的词相比,迥异其趣。

二安·李清照·小重山

春到长门春草青，①
江梅些子破，②
未开匀。
碧云笼碾玉成尘，③
留晓梦，
惊破一瓯春。④

花影压重门，
疏帘铺淡月，
好黄昏。
二年三度负东君，⑤
归来也，
著意过今春。

①长门：西汉宫殿名，在诗词中往往代表冷宫之意。

②些子：一些。

③碧云笼：平时装茶的笼子。笼：《花草粹编》等作"龙"。碧云：指茶叶之色。碾玉：即碾茶。北宋黄庭坚《催公静碾茶》："睡魔正仰茶料理，急遣溪童碾玉尘。"

④一瓯（ōu）春：瓯：饮料容器。春：指茶。北宋黄庭坚《踏莎行》："碾破春风，香凝午帐"，其中的"春"，即指茶。"春"，《历代诗余》作"云"。

⑤东君：原指日神，见宋洪兴祖《楚辞补注》，后人则指代为司春之神。唐白居易《送刘道士》："斋心谒西母，暝拜朝东君。"

南宋・佚名 丛菊图

寻寻觅觅

二安·李清照

■ 这是李清照创作中最令人瞩目的一篇，中国诗歌史上的冠世名篇。清照此词单以修辞造语的新颖优美而言，也可称为千古绝调。她使用这些语言创造了一个特定的艺术境界，其刻画入微的心理活动，清幽凄婉的景物氛围，以及语言声调的美感，达到了统一和谐、生动优美的水平。特别是本词对人物意念的波动、情绪的缠绕，以及其徘徊寻觅、雨窗独坐等动作的撷取描绘，其形象的鲜明，其语言的明白而又宛转，其生活气息的浓厚，传统文学中，只有在明清小说中才能达到如此境地，而李清照却在词作这一格律严密的特定诗体中首先达到了。

二安·李清照·声声慢

寻寻觅觅，①
冷冷清清，
凄凄惨惨戚戚。
乍暖还寒时候，②
最难将息。③
三杯两盏淡酒，④
怎敌他、晚来风急！
雁过也，
正伤心，
却是旧时相识。

满地黄花堆积，
憔悴损，⑤
如今有谁堪摘？⑥
守着窗儿，
独自怎生得黑！⑦
梧桐更兼细雨，
到黄昏、点点滴滴。
这次第，⑧
怎一个愁字了得！

①寻寻觅觅：是说如有所失，想把它找回来似的。表示心神不定。

②乍暖句：天气忽然回暖，一会儿又归于寒冷的时候。

③将息：唐宋时方言，养、休息、养息之意。唐王建《留别张广文》诗："千万求方好将息，杏花寒食约同行。"

④盏：小杯。

⑤憔悴：瘦弱萎靡貌。

⑥堪摘：一作"忺摘"。

⑦怎生：怎么，怎样。

⑧这次第：张相《诗词曲语辞汇释》卷四："犹言这情形或这光景也。"与现代汉语"这当儿"词更贴近。

清·恽寿平 山水花卉八开 芍药

禁幄低张

二安·李清照

■ 本篇是咏芍药花的。按咏物诗词的传统，一般不在篇中正面点出该物的名字，只在其形状、性质、用途以及有关典故诸方面描绘形容，宛如一则字面漂亮的谜语。

全篇写得绮丽华美，与芍药的花形风格十分相配。表面写得富丽华贵、雍容大雅，但却含蓄着对高层在国事危亡之际的奢侈浪费作风的不满。

> 二安·李清照·庆清朝慢

禁幄低张,①
雕栏巧护,
就中独占残春。
容华淡伫,②
绰约俱见天真。③
待得群花过后,
一番风露晓妆新。
妖娆艳态,④
妒风笑月,
长殢东君。⑤

东城边,
南陌上,
正日烘池馆,
竞走香轮。⑥
绮筵散日,⑦
谁人可继芳尘?⑧
更好明光宫殿,⑨
几枝先近日边匀,⑩
金尊倒,
拚了尽烛,⑪
不管黄昏。

①禁幄：幄，篷帐，帷幕。禁幄：即密张之幄。

②容华：容貌。

③绰约：一作"淖约"，柔弱，容态善美。《庄子·逍遥游》："藐姑射之山，有神居焉。肌肤若冰雪，淖约若处子。"

④妖娆：娇艳妩媚。

⑤𦂳（tì）：纠缠不清之意。东君：此处是指司春之神。唐成彦雄《柳枝词》："东君爱惜与先春，草泽无人处也新。"

⑥香轮：香车，泛指游人的车马。

⑦绮筵：华贵盛大的筵席。绮：华丽，美盛。

⑧芳尘：尘。芳，美称。晋陆云《喜霁赋》："戢流波于桂水兮，起芳尘于沈泥。"

⑨明光宫殿：汉朝有明光宫又有明光殿，后世一般以"明光宫殿"指皇宫。

⑩几枝句：字面意思说几枝芍药挨向日边，开得多么整齐！古人常以日为君王之像，日边，又可指皇帝身边。所以，本句又可理解为芍药得到君王的赏识，与词的开头"禁幄低张"相应。匀：匀称。

⑪拚（pàn）了：齐鲁方言，拚了，即舍得，搭上。

清·郎世宁 乾隆帝元宵行乐图

落日熔金

永遇乐

二安·李清照

■ 本词盖作于清照避金兵南下之后，或以为她在江宁（今南京）所作，时其夫任江宁知府。或以为她50岁后在临安（今杭州）时所作，时其夫已死。总之，都是作于国破离乡之后。全词造句遣词都精心安排，其华丽的铺叙正与其下的疑问句形成强烈的对比。下片渐渐用接近口语的句子，构成了宛如家常絮语般亲切委曲的气氛，以诚感人，增强了说服力。

二安·李清照·永遇乐

落日熔金，①
暮云合璧，②
人在何处。
染柳烟浓，
吹梅笛怨，
春意知几许。
元宵佳节，
融和天气，
次第岂无风雨。
来相召，
香车宝马，③
谢他酒朋诗侣。

中州盛日，④
闺门多暇，
记得偏重三五。⑤
铺翠冠儿，⑥
捻金雪柳，⑦
簇带争济楚。⑧
如今憔悴，
风鬟雾鬓，
怕见夜间出去。⑨
不如向，
帘儿底下，
听人笑语。

①熔金：形容落日像熔化的黄金那样光辉耀眼。

②暮云句：暮云弥漫，如玉璧那样整合无痕。

③香车宝马：装饰华美的车马。唐王维《同比部杨员外十五夜游有怀静者季》诗："香车宝马共喧阗，个里多情侠少年。"

④中州：今河南省为古豫州地，居九州的中心，故称中州。中州盛日句，指汴京（今河南开封）盛时。

⑤三五：一般是指阴历每月十五日，此处指正月十五元宵节。

⑥铺翠：盖以翡翠羽毛为妆饰。

⑦捻（niǎn）金雪柳：捻金，金线捻丝，以其为饰。雪柳，盖用绢或纸做的花。捻金雪柳：乃在绢或纸之外，另加金线捻丝所制的雪柳，比寻常只以绢、纸做的雪柳更加贵重，也是元宵节时妇女的一种首饰。

⑧簇带：宋时方言，即首饰窑集，插戴满头的意思。济楚：齐整，美丽。

⑨怕见：齐鲁方言，怕得，不乐意。"见"此处为动词的词尾，如"爱见"，不作动词讲。

图书在版编目（CIP）数据

易安李清照/徐北文评注. --济南：济南出版社，2022.2（2023.4 重印）

（二安词选）

ISBN 978-7-5488-4740-3

Ⅰ.①易… Ⅱ.①徐… Ⅲ.①宋词-选集 Ⅳ.①I222.844

中国版本图书馆CIP数据核字（2021）第131936号

出 版 人	田俊林
责任编辑	范玉峰　董傲囡
特约编辑	范洪杰
装帧设计	胡大伟

出版发行	济南出版社
地　　址	济南市市中区二环南路1号（250002）
发行电话	（0531）86922073　67817923
	86131701　86131704
经　　销	各地新华书店
印　　刷	山东临沂新华印刷物流集团有限责任公司
版　　次	2022年2月第1版
印　　次	2023年4月第3次印刷
成品尺寸	130 mm×200 mm　32开
印　　张	5.75
字　　数	45千
定　　价	59.00元

（济南版图书，如有印装质量问题，请与印刷厂联系调换）